獻給伊萊莎・珍
– LM
獻給湯瑪斯・大衛
– RM

© 歡迎光臨恐龍百貨

文字／莉莉・莫瑞　繪圖／理查・邁瑞特　譯者／盧怡君
責任編輯／徐子茹　美術編輯／蔡季吟
出版者／三民書局股份有限公司　發行人／劉振強
地址／臺北市復興北路 386 號（復北門市）　臺北市重慶南路一段 61 號（重南門市）
電話／(02)25006600　網址／三民網路書店 https://www.sanmin.com.tw
書籍編號：S859351　ISBN：978-957-14-6902-7
※ 著作權所有，侵害必究　※ 本書如有缺頁、破損或裝訂錯誤，請寄回敝局更換。
2020 年 9 月初版一刷

歡迎光臨
恐龍百貨

莉莉·莫瑞／文

理查·邁瑞特／圖

盧怡君／譯

三民書局

伊萊莎這個孩子真**特別**，
有人說她任性，有人說她**太野**。

她不喜歡守規矩、花椰菜或睡覺時間，
整潔或上學也通通都討厭。

所以爸爸媽媽一點也不**意外**，
當她在生日這天大聲說出心裡的期待：

「爸爸！媽媽！我現在已經是四歲小孩，
我想要一隻**真正的恐龍**，請你們幫我買！」

爸爸媽媽實在苦惱，

他們**希望**女兒買隻**兔子**就好。

但他們鼓起勇氣，把害怕往腦後拋。

「走！」媽媽説：「我知道恐龍要上**哪兒**找。」

「**萬歲！萬歲！**」伊萊莎說。

接著他們搭上火車，在十點二十分的時候。

到站之後，他們一刻也不停留，

　　　　　直衝那獨一無二的

　　　　　恐龍專賣店門口。

按響門鈴，
大門
敞 開，
伊萊莎
勇敢的
把腳步邁。

眼前是位
男子，
穿著絲絨
長斗篷，

說話時
捻著鬍子，
帶著
微微的笑容。

「歡迎光臨！親愛的貴賓！

我是魔法隆，為您服務是我的榮幸！

別緊張，讓我帶您來場**奇幻**之旅，

神奇的恐龍百貨正在等著您！」

他把布簾用力往後拉，
裡面的恐龍嘶吼**一聲**比**一聲大**。

參觀方向

「親愛的朋友，準備好了嗎？
接下來的旅程，保證震撼你們的腦袋瓜！
現在就讓我們立刻出發！」

「這裡有的恐龍超**巨大**，
有的**鱗片**密密麻麻，有的長了一副**鳥嘴巴**，
還有毛茸茸的小可愛，不停叫著

吱吱

喳喳！

肉食恐龍正在**磨著**尖牙，
　嘶吼的伶盜龍**削尖**牠的利爪。

愛叫的鴨嘴龍成群玩耍，

長滿羽毛的小獸足龍，
像鳥兒一樣高歌
嘎嘎。

水裡的魚讓蛇頸龍**吃再多**都不怕，

哎呀！

棘龍

差一點有點心可塞牙！

伸長脖子 的蜥腳龍，有著大大的腳丫，
牠們雖比房子大，卻是最溫馴不可怕。

阿馬加龍的背棘像船帆一樣張大，
巨無霸梁龍的尾巴**左拍拍右打打**。

這邊是甲龍，身穿**重裝備**，
一隻叫茉德，牠和
法蘭克是一對。

傷齒龍既聰明又精力充沛，
為了學習可以
整晚都不睡。

當然也別忘了我們的暴龍小姐，
牠的利牙可以**把骨頭一口咬碎**！」

魔法隆先生轉向伊萊莎一家，
他的笑容**愛現**又**諂媚**，實在有點**假**。

「我們的奇幻之旅來到終點，
現在到了挑選**恐龍**的時間！」

但是伊萊莎卻轉身離開，
「謝謝你，但我決定**不要買**。

雖然我喜歡你的**導覽之旅**，
但**真正的**恐龍我已不感興趣。」

魔法隆先生失望的大罵：

「你們害我的時間都白搭，

還不快點走，待在這幹麼？」

伊萊莎的爸媽非常**驚訝**，
居然會被老闆直接**趕出**店家。

「妳還好嗎？伊萊莎。

我們以為妳想帶隻**恐龍**回家。」

伊萊莎蹦蹦跳跳的笑著回答：

「我想外面的世界

才是能讓牠們**快樂生活的家**！」

蛇（ㄕㄜˊ）頸（ㄐㄧㄥˇ）龍（ㄌㄨㄥˊ）

伶（ㄌㄧㄥˊ）盜（ㄉㄠˋ）龍（ㄌㄨㄥˊ）　鴨（ㄧㄚ）嘴（ㄗㄨㄟˇ）龍（ㄌㄨㄥˊ）　獸（ㄕㄡˋ）足（ㄗㄨˊ）龍（ㄌㄨㄥˊ）　棘（ㄐㄧˊ）龍（ㄌㄨㄥˊ）　蜥（ㄒㄧ）腳（ㄐㄧㄠˇ）龍（ㄌㄨㄥˊ）

阿（ㄚ）馬（ㄇㄚˇ）加（ㄐㄧㄚ）龍（ㄌㄨㄥˊ）　梁（ㄌㄧㄤˊ）龍（ㄌㄨㄥˊ）　甲（ㄐㄧㄚˇ）龍（ㄌㄨㄥˊ）　傷（ㄕㄤ）齒（ㄔˇ）龍（ㄌㄨㄥˊ）　暴（ㄅㄠˋ）龍（ㄌㄨㄥˊ）